Why Art?

초판 1쇄 인쇄일 2019년 12월 16일
초판 1쇄 발행일 2019년 12월 20일
글/그림 엘리너 데이비스
옮긴이 신혜빈
펴낸이 김석원
펴낸곳 도서출판 밝은세상
출판등록 1990.10.5. (제 10-427호)
주소 (10881) 경기도 파주시 문발로 119, 202호
전화 031-955-8101
팩스 031-955-8110
메일 wsesang@hanmail.net
블로그 blog.naver.com/balgunsesang8101
인스타그램 www.instagram.com/wsesang
ISBN 978-89-8437-390-7 02840
값 13,500원

잘못된 책은 구입한 곳에서 교환해드립니다.

와이 아트?
Why Art?

엘리너 데이비스 지음
Eleanor Davis

신혜빈 옮김

엘리너 데이비스 (Eleanor Davis)

고등학교 때부터 그림을 그려 자가 출판하기 시작했고, 사바나 예술 대학(SCAD)에
진학해 공부했다. 그래픽 노블에서부터 일러스트레이션까지 다양한 창작 활동을 하며
평단과 독자의 호평을 받아온 데이비스는 2009년 ≪스팅키 Stinky≫로 미국 최고의
아동 도서에 수여되는 가이젤상 아너에 올랐고,
같은 해 가장 뛰어난 신인 만화가에게 주는 러스매닝상을 수상했다.
2013년 ≪인 아워 에덴 In Our Eden≫으로 미국 일러스트레이터 협회 금상을 받았으며,
2018년 ≪와이 아트? Why Art?≫로 이그나츠 어워드 그래픽 노블상을 수상했다.
또 다른 대표작으로는 ≪하우 투 비 해피 How to Be Happy≫,
≪유 & 어 바이크 & 어 로드 You & a Bike & a Road≫가 있다.

옮긴이 신혜빈

이화여자대학교에서 영문학을 전공하고 같은 대학 통번역대학원을 졸업했다.
현재 프리랜서 번역가로 활동 중이다.

일러두기

본문 사이사이에 작은 글자로 적어놓은 설명글은 독자의 이해를 돕기 위해
옮긴이가 추가한 것입니다.

왜 예술인가?

이 질문에 답하기 전에 우선
다양한 예술 작품의 종류를 알아봅시다.
작품의 가장 기본이 되는 분류 기준은
물론 **색상**이죠.

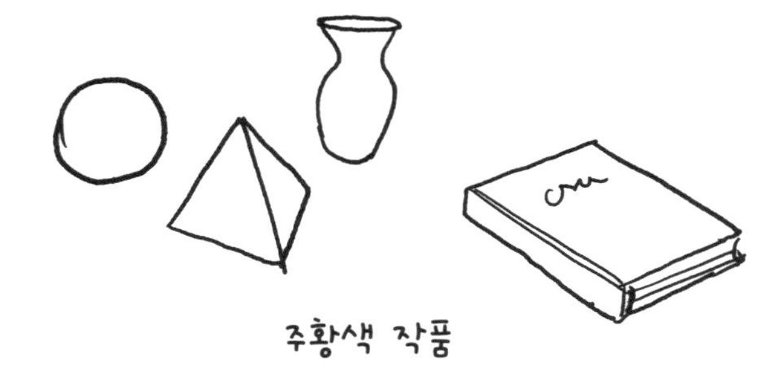
주황색 작품

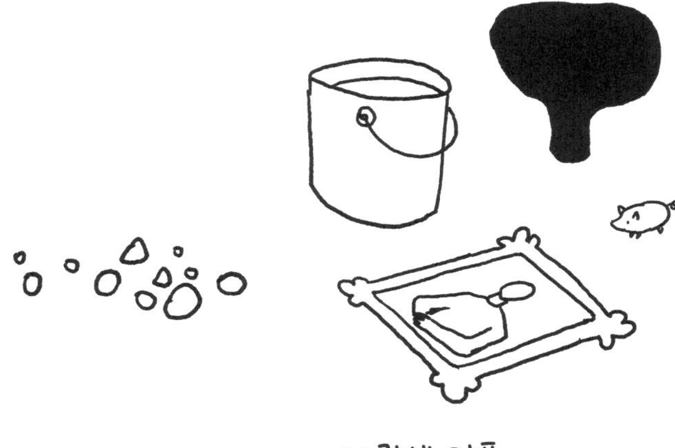

파란색 작품

주황 & 파란색 작품

또 다른 기준으로는 크기가 있습니다.
'대형' 작품의 예시를 보여드릴게요.

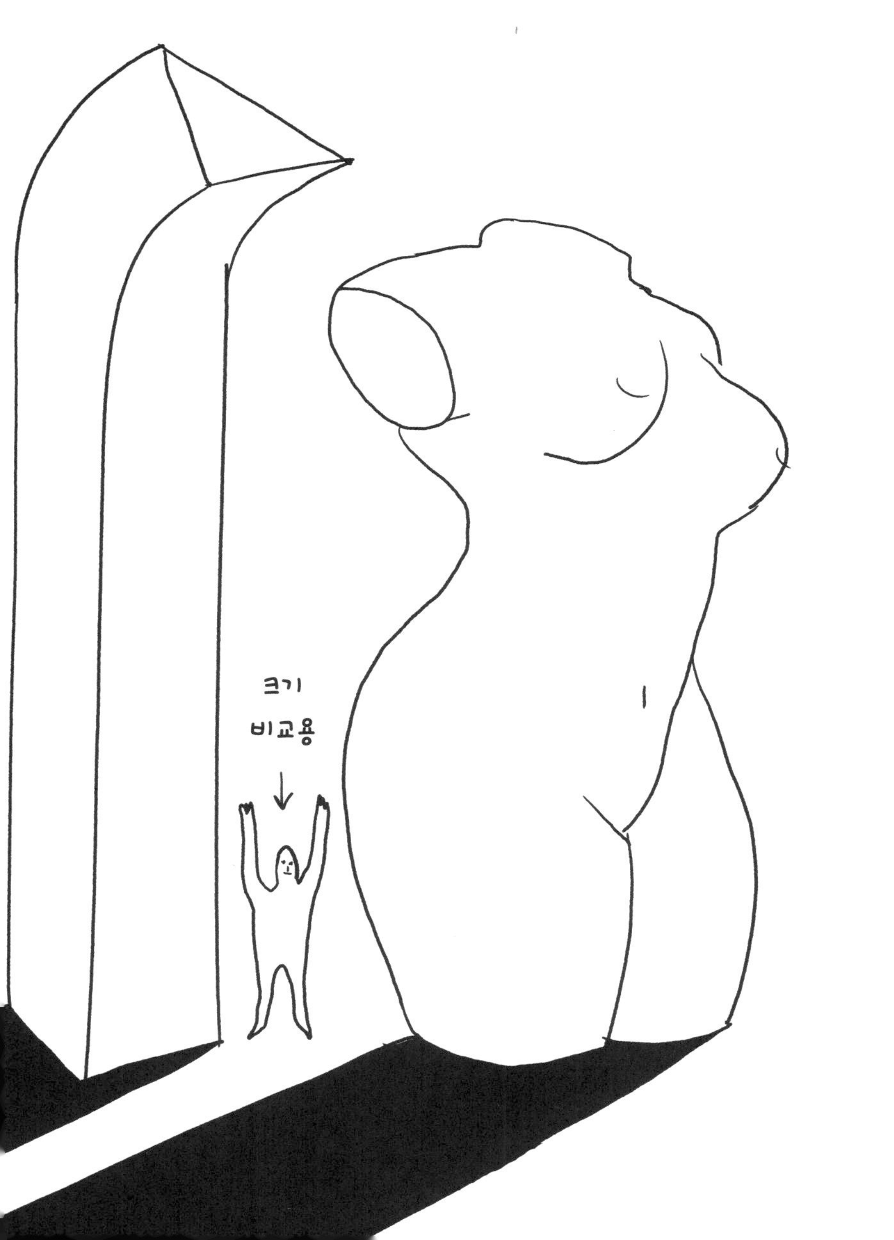
크기
비교용

이 작품들은 ‘소형’ 혹은
‘미니’ 예술이라 불리죠.

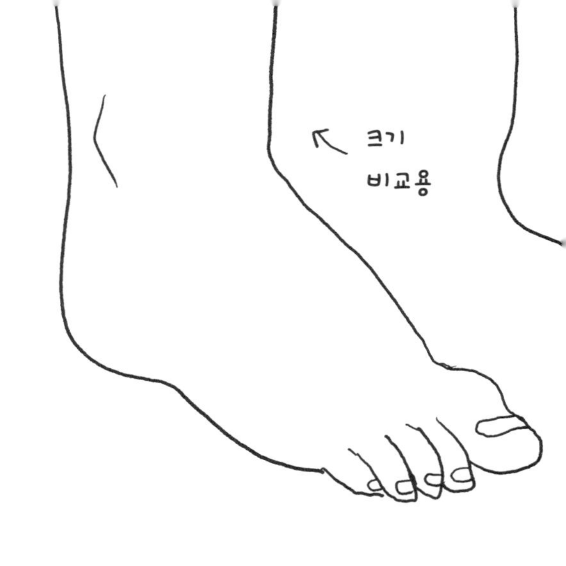
크기
비교용

하지만 모든 작품이 미적 기준으로 분류되는 건 아닙니다.
많은 작품이 지적 능력을 필요로 하고,
그럴 땐 예술가의 의도나 관객의 반응이 분류 기준이 되죠.

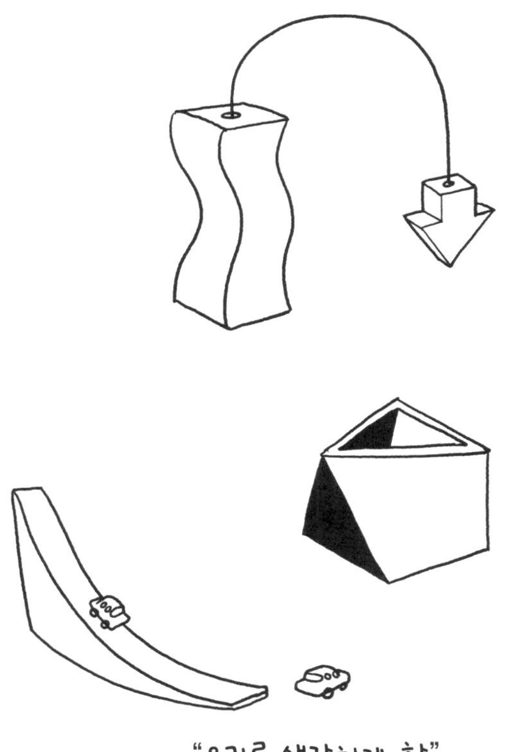

"우리를 생각하게 함"

예술가로서, 우리는 항상 고민해야 합니다.
— 우리의 관객은 무엇을 추구할까?
이 **가면** 작품은 쓰는 사람에게 신체적 매력을
더해줌으로써 즐거움을 줍니다.

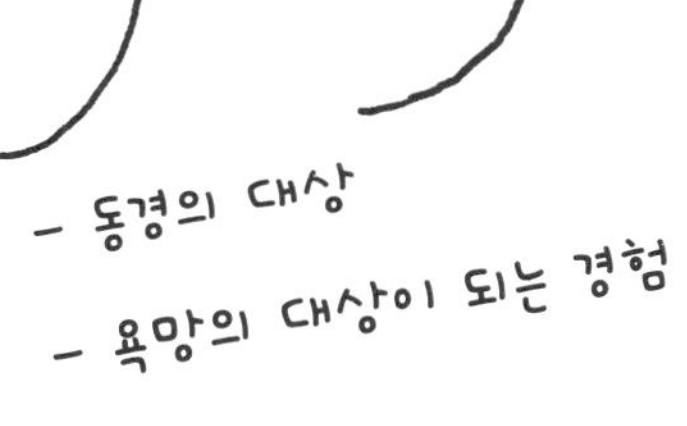
- 동경의 대상
- 욕망의 대상이 되는 경험

'추한 가면' 도 이점이 있죠.

- 기대 + 실망으로부터 보호
- 욕망의 대상이 되지 않을 자유 + 자율을 획득

'신 가면' 은 영적, 세속적 목적
두 가지로 다 쓰일 수 있습니다.

- 사람들을 속여서 내가 신이라고 믿게 함
- 신을 속여서 내가 신이라고 믿게 함
- 신이 나를 통해 말함 (가능성 희박)

마지막으로 ‘동물 가면’이 있습니다.
— ‘늑대’가 대표적이죠.

— 섹스, 파티, 살인

거울 작품은
상당한 마력이 있습니다.

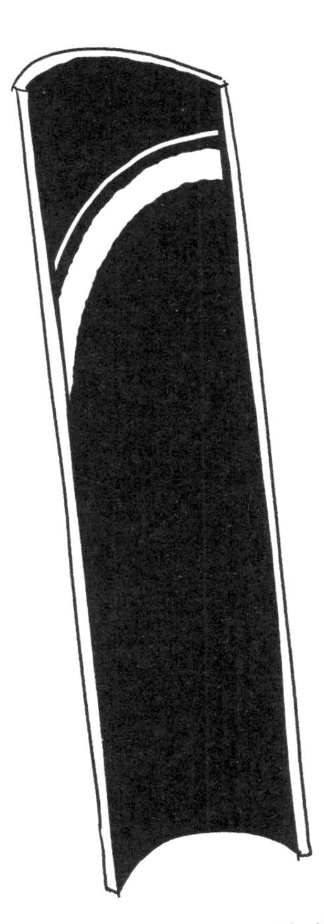

– 실제보다 나아 보이는 거울

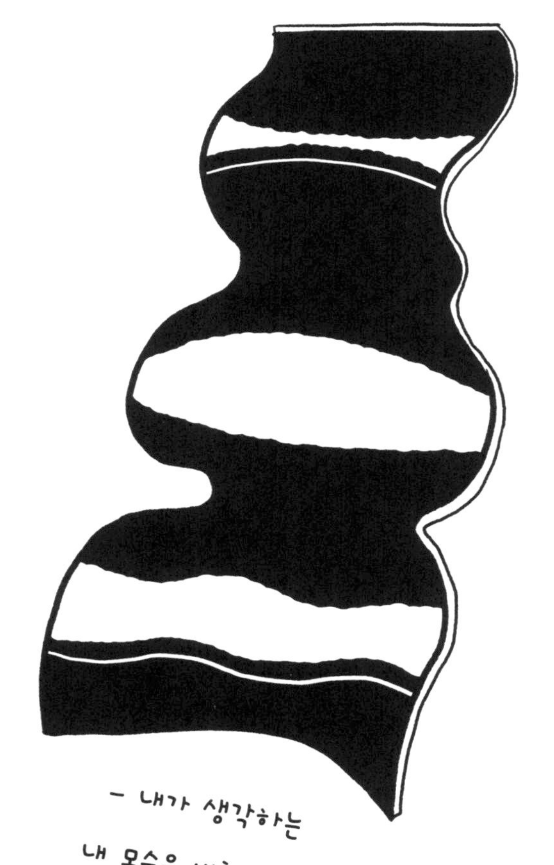

— 내가 생각하는

내 모습을 비추는 거울

— 나이가 아주 많이 든

내 모습을 보여주는 거울

보통의 '평범한 거울'에도
예술가와 관객 모두가 늘 매료되죠.

- 그냥 보통 거울

작품 중에는 **먹을 수 있는** 것도 많습니다.

몹시 달콤. 멋은 없음.

어떤 작품은 그냥
아름다운 빈 '그릇' 입니다.
다른 걸 넣어두는 용도죠.

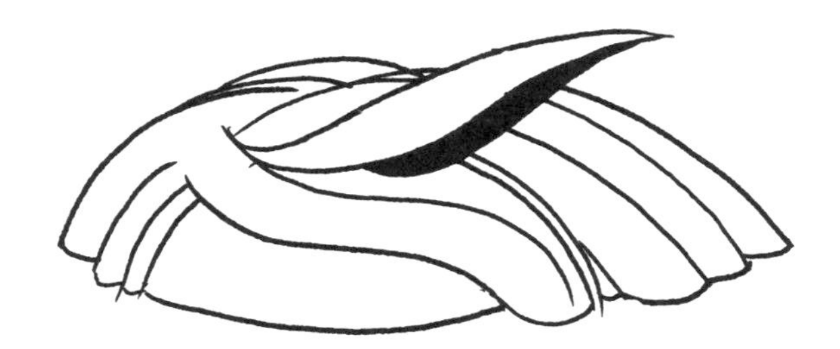

또는 아름다운 '천'을 덮어
다른 걸 숨기기도 합니다.

이 **감추기** 작품은 상업적 가치가 매우 크지만,
그걸 만드는 예술가들은 방어적인 태도를
보이기도 하죠.

학자금 대출은 갚아야
할 거 아냐!

다들 질투 나서 그래
남들이 나였어도 하겠다고 했을걸!
안 그럴 사람이 어딨어!

어떤 작품은 우리가 차라리 잊고 싶어 하는 것,
너무 끔찍해서 진실이 아니었으면 하는 걸
떠올리게 합니다.

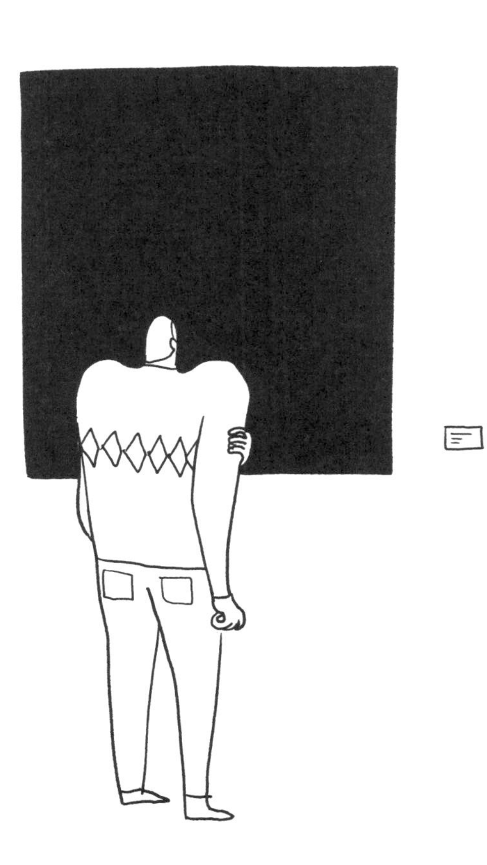

하지만 그건 진실이고, 그걸 떠올리는 것만으로도
우리는 머리꼭지가 떨어져 나가는 것 같은 기분이 듭니다.
하늘이 젖은 휴지 조각같이 구겨지고 흘러내리는 듯,
물에 잠긴 손들이 우릴 깊은 물속으로 잡아끄는 듯,
벗어나려면 그 손들을 잡아 뜯고 찢어야 하는 듯 느껴집니다.

이런 종류의 작품은
많은 이들이 보지 않으려
애쓰는 것이기도 합니다.

우연히 마주치게 되면 우린
'달콤' 하고 멋없는 작품으로 잽싸게 달려가
그걸 허겁지겁 먹곤 하죠.

18세기 프랑스

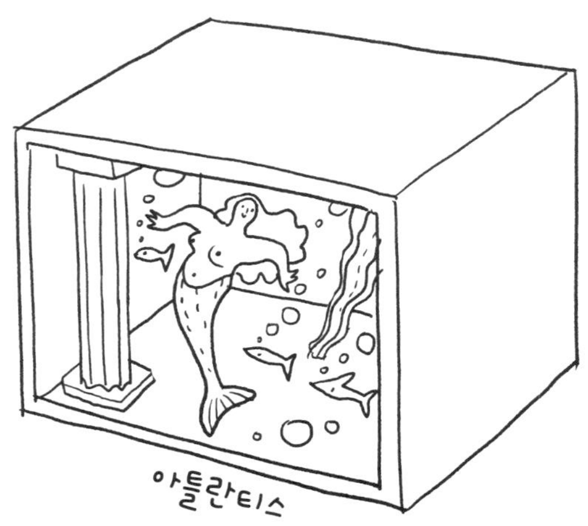
아틀란티스

섀도박스 작품은 우리가
평범한 삶에서 완전히
벗어날 수 있게 해줍니다.

새도박스 작품에
기어들어 간 사람이
있네요.

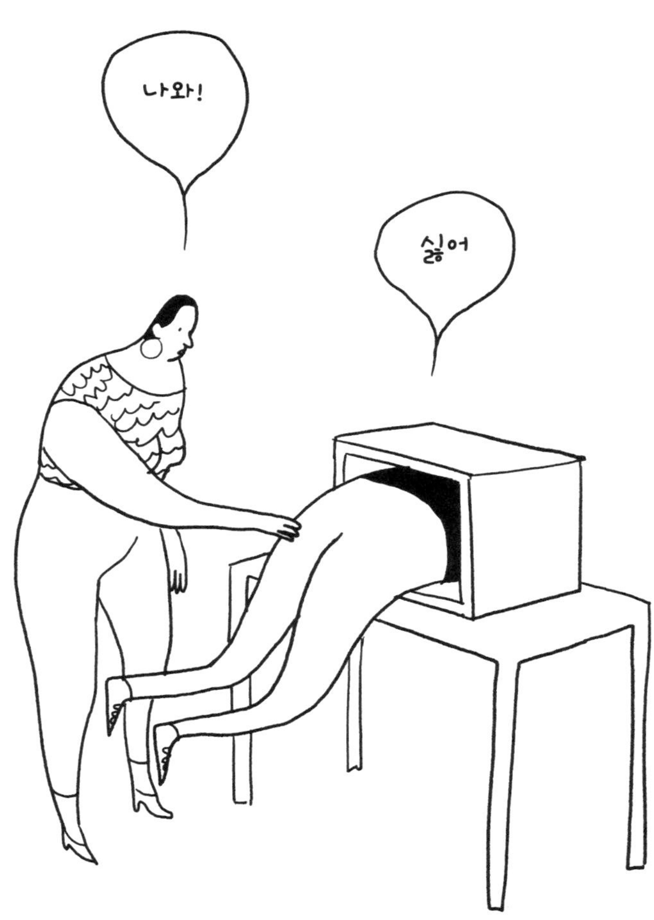

그 안에서 뭘 경험하는
걸까요?

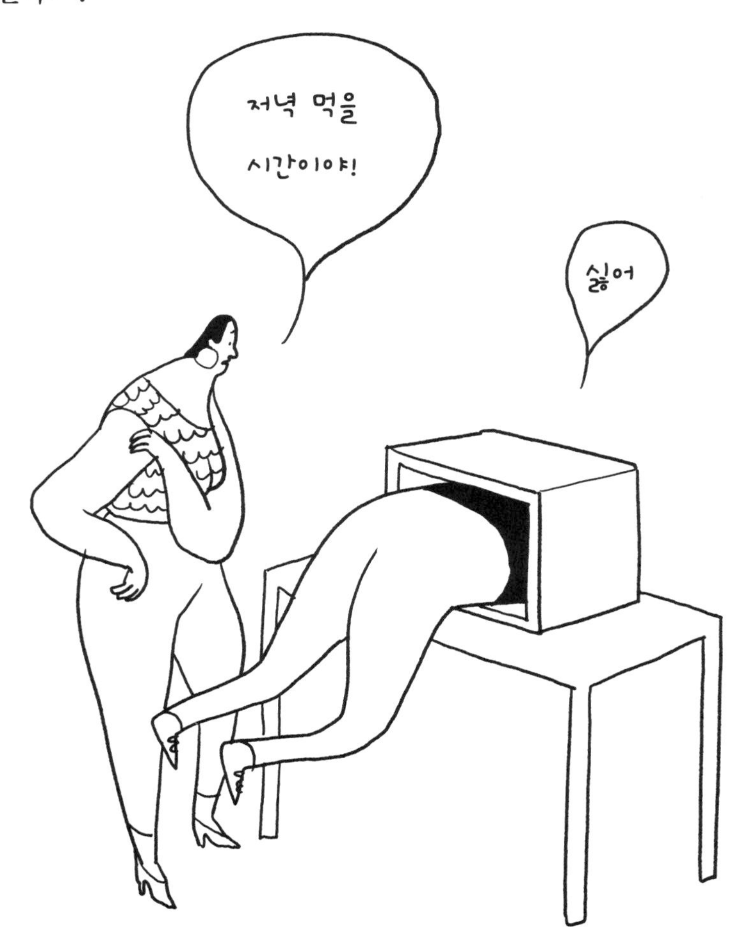

어떤 작품은 지적 수준에서
벗어난 그 이상의 반응을
끌어내기도 합니다.

이 작가는 나를 한 번도 본 적
없지만 이건 날 표현한 거야,
정확해
나, 내 집,
내 고양이, 내 심장!

작품은 다양한 관객과 마주하기 때문에
갈등이 발생하기도 하죠.

오오, 이거 딱 나잖아!

리처드
[파피에 마셰]
*지점토 또는
종이 펄프로 만든 작품
마이크
[조각과 광학]
돌로레스
[고정되지 않는 것을
추구하는 퍼포먼스 예술]
주-롱
[조각과 광학]
소피아
[탈리스만]
*신비한 힘을 가졌다고
알려진 일종의 부적

이런 작품 뒤의 작가들,
예술가 집단을 소개합니다.

*퐁당 : 주로 조리용으로 사용되는 설탕 혼합물

소피아의 작품에는 이런 지시 사항이 붙어 있습니다.

: '긴급 상황을 대비해 언제나 탈리스만을 지니고 다니세요.'

"위기가 찾아오면,

부드럽게 흔드세요."

작게 음악 소리가
들릴 거예요,
딸랑딸랑.

그 소릴 들으면 여러 가지 색으로 변할 거예요.

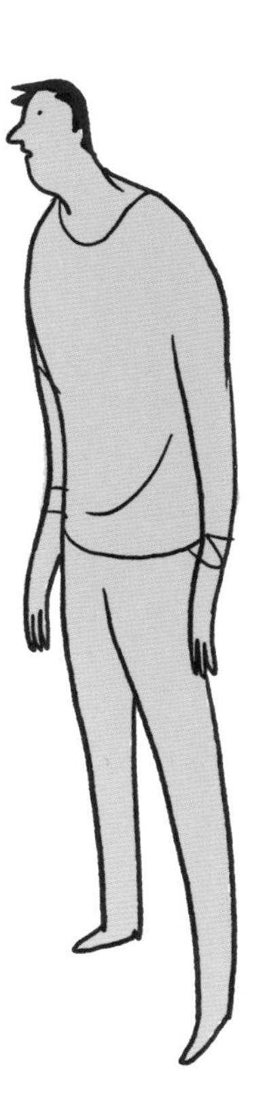

리처드의 작품은 종이가 주재료입니다.
연약하고 망가지기도 쉽죠.
만지면 무너져 버립니다.

리처드도
마찬가지로
연약합니다.

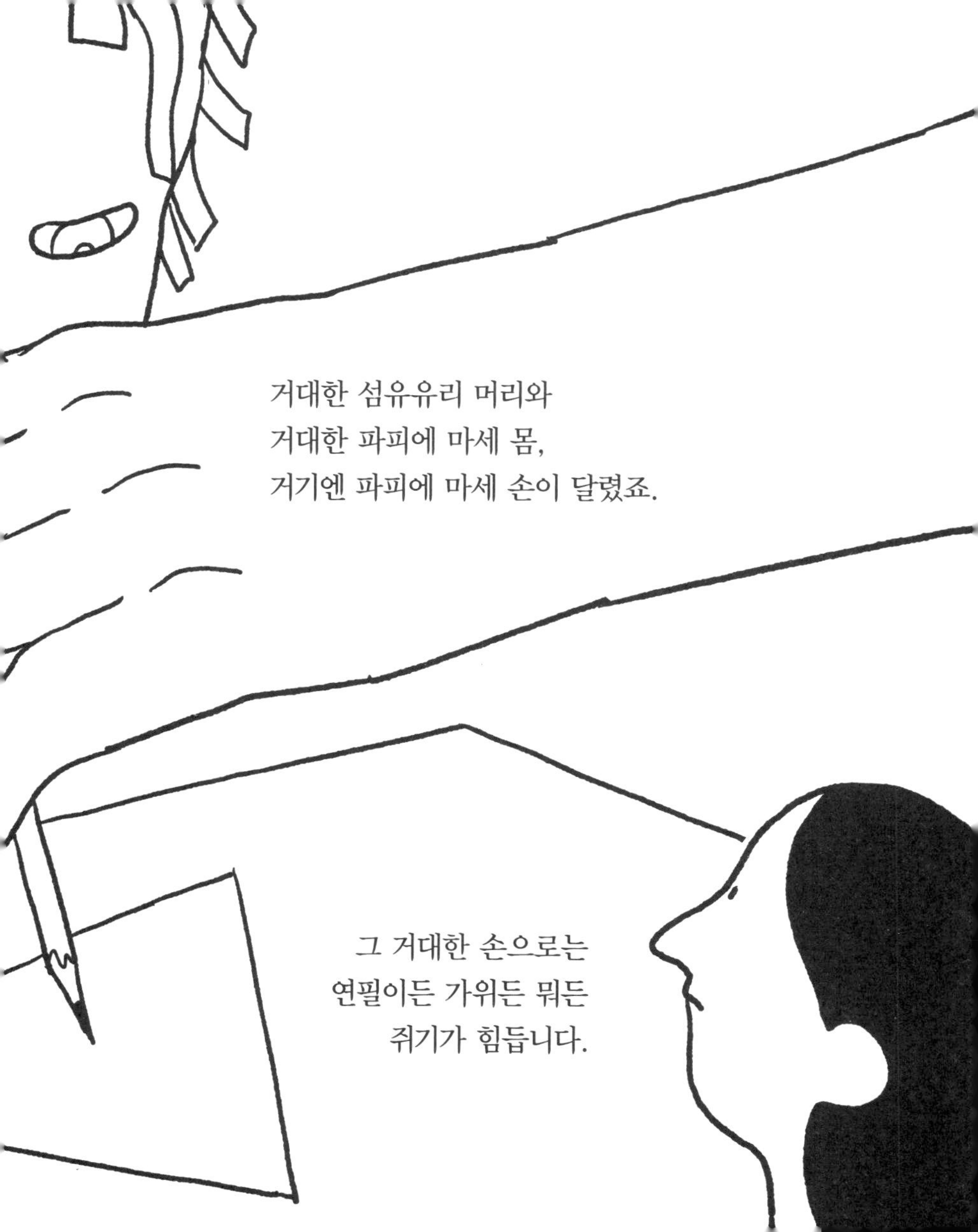
거대한 섬유유리 머리와
거대한 파피에 마세 몸,
거기엔 파피에 마세 손이 달렸죠.
그 거대한 손으로는
연필이든 가위든 뭐든
쥐기가 힘듭니다.

돌로레스의 작품은 퍼포먼스 형태고,
관객도 작품 자체에 포함됩니다.

이 퍼포먼스에서 돌로레스는
"사랑해요." 라고 말합니다.
사람들 모두에게, 일대일로 말해줍니다.
돌로레스의 예술성은 사람들이 정말로
그 말을 믿게 한다는 데 있죠.

!
사랑해요

돌로레스가 형편없는 예술가였다면
이 예술은 거짓말이 될 테고,
그러면 사람들이 싫어했을 거예요.
하지만 돌로레스는 그 말을 자기만의
진실로 만들었어요.

사랑해요

사람들은 돌로레스의 작품에
강한 반응을 보이곤 합니다.

사랑해요

가끔은 반응이
격해지기도 합니다.

사랑ㅡ

판매

돌로레스는 청혼을 많이 받습니다.
구혼자들이 항상 따라다닙니다.
식료품점에 가는 길에도,
다시 집에 오는 길에도.

사랑받았다는 생각에
그 사랑을 돌려주고
싶어 안달이 난 거죠.

별다른 반응이 없자
급기야 돌로레스의 물건을 훔치기도 합니다.
화분이나 정원 의자 같은 것을요.
돌로레스는 가끔 경찰을 부를 때도 있습니다.

이런 압박 때문에
돌로레스의 작품이 지닌
진실의 힘은 미약해집니다.

사랑해요

사랑해요
하. 하.

돌로레스는 자신의 작품이 형편없어 졌음을,
이제 더는 진실하지 않음을 깨닫습니다.
그래서 또 다른 작품 활동을 위해 떠나기로 합니다.
십 년 동안 여행을 다니는 거죠.

돌로레스는 여행 도중 상어의 공격을 받아
오른쪽 팔을 먹힙니다.
이제 남은 왼손으로 신발 끈 묶는 일이나
기타 치는 법을 비롯한 모든 걸 다시 배워야 하죠.
돌로레스는 위대한 문학 작품을 죄다 읽습니다.
그리고 강줄기를 들어 올려 방향을 바꾼 뒤
다시 내려 놓습니다.

마침내 팔을 먹은 상어를 추적하는 데 성공한
돌로레스는 이제 **자기**가 **그걸** 먹습니다.
새로운 팔이 자라나고, 상어 이빨도 생깁니다.
돌로레스는 판화 수업을 듣습니다.
아기가 하나 생기고, 또 하나 더 생기고,
그 아기들을 전부 자기 등에 난 여러 개의
거대한 구멍 속에 넣어 다닙니다. 개구리처럼요.
그리고 또 다른 작품을 만듭니다.

신작에서는 관객이 상어의 공격을 받고,
상어 이빨 같은 것도 생깁니다.

관객들은 이 새로운 작품에
강한 반응을 보입니다.

근데 전에 했던 작품이
난 더 좋았어요
그 "사랑해요" 작품
네, 근데 그건 이제
안 해요
으쓱

이제 **돌로레스**가 돌아왔으니, **리처드, 주-룽,**
마이크, 소피아, 마케일라, 제니퍼, 트와이스투,
호세가 모두 모여 다음 전시를 준비합니다.

각자 신작을 발표할 예정입니다.
저마다 다양한 소통 양식을 탐구해왔죠.
시간과 소리를 포함해서.
경계를 밀어붙이고 장벽을 무너뜨리는 거예요.
— 심리적, 육체적, 형이상학적, 세속적 차원에서.

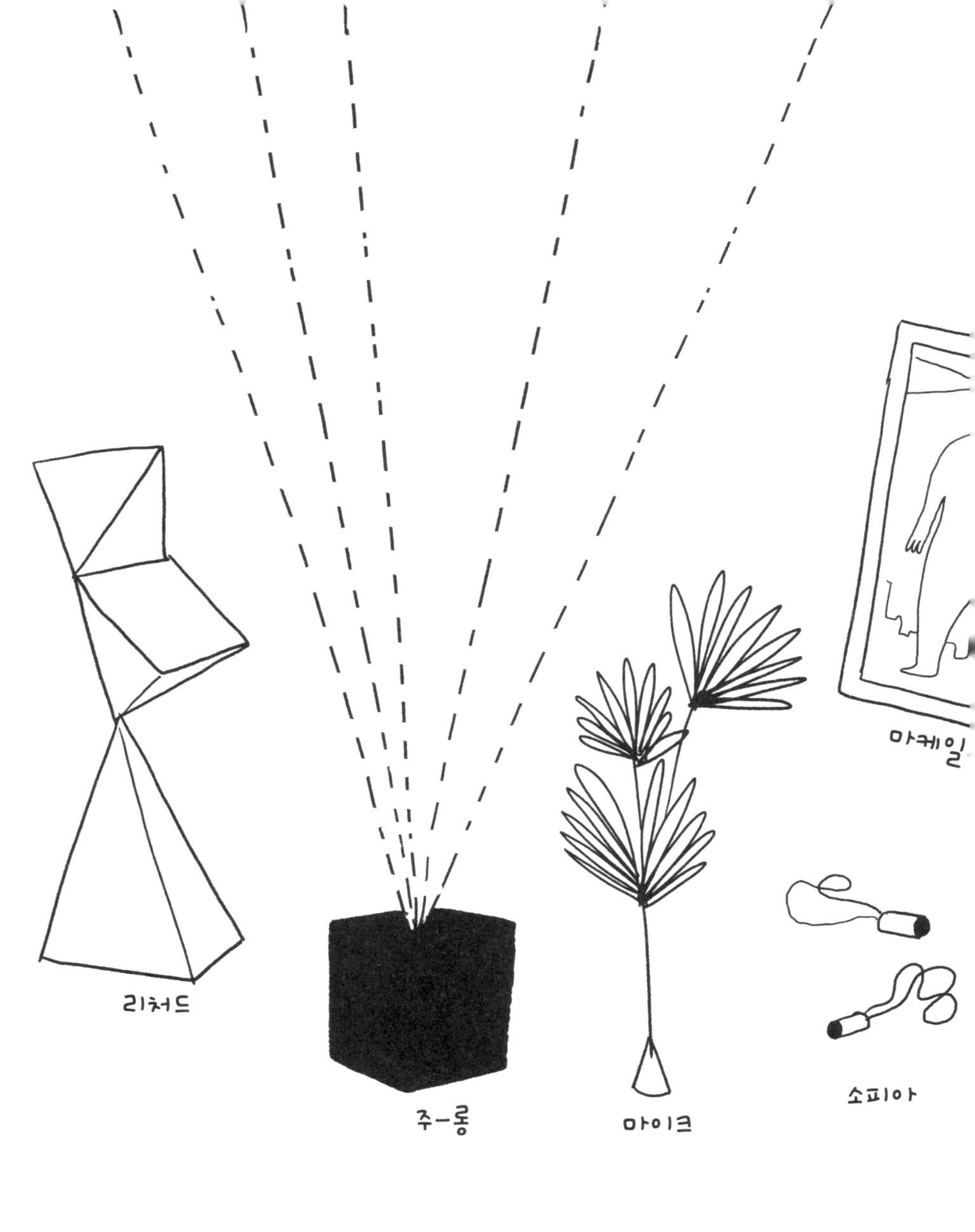
마케일
리처드
주-롱
마이크
소피아

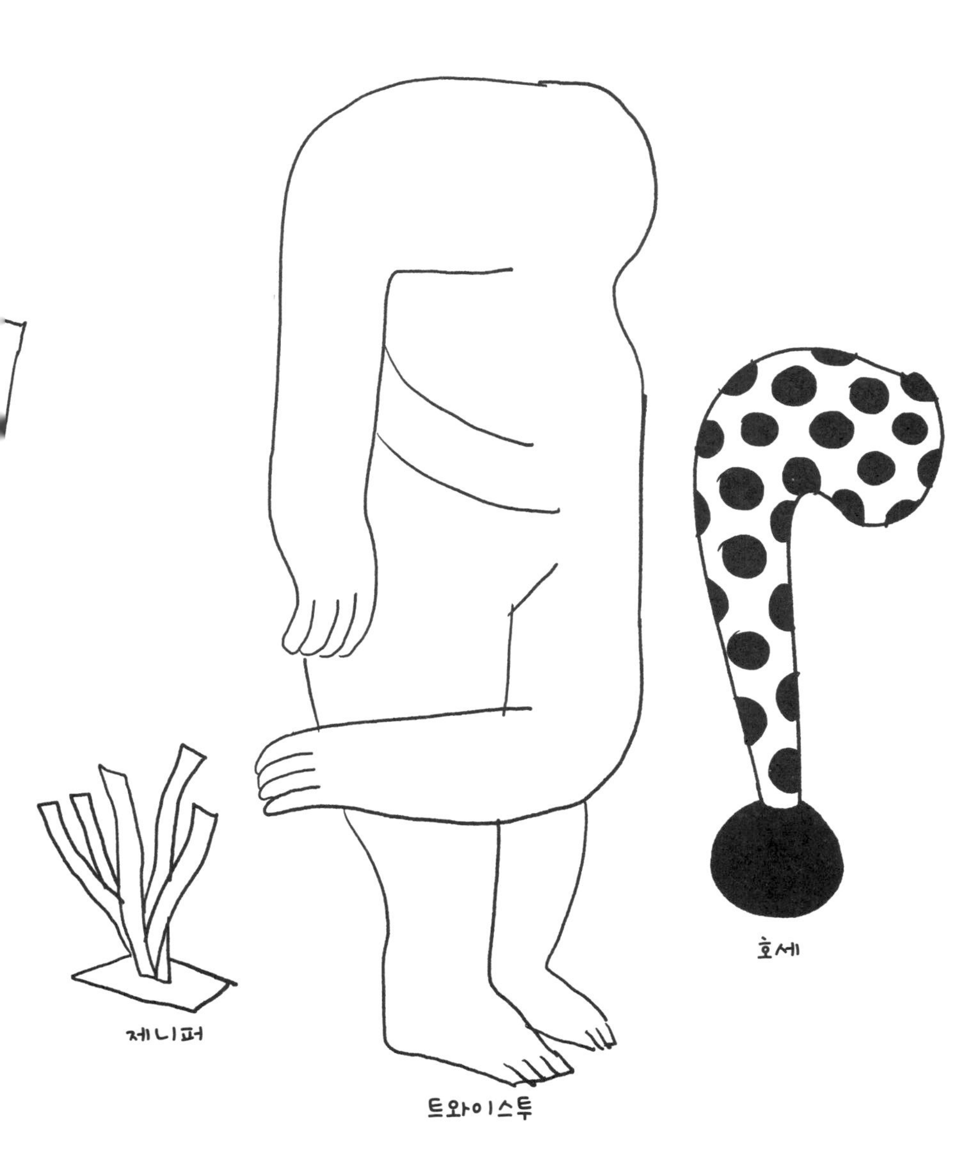
제니퍼
트와이스투
호세

갑자기 바깥에서
폭풍우가 몰아칩니다.

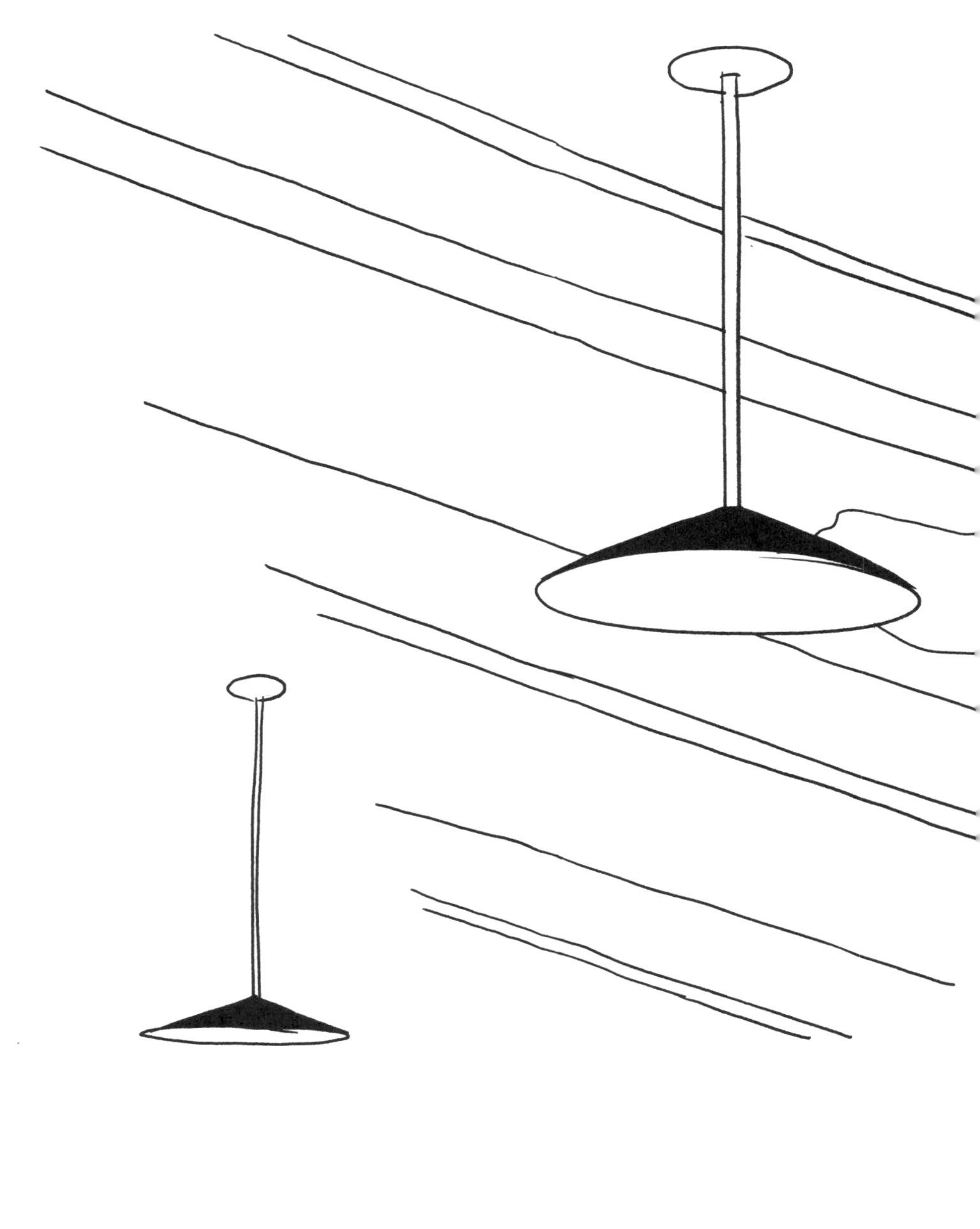

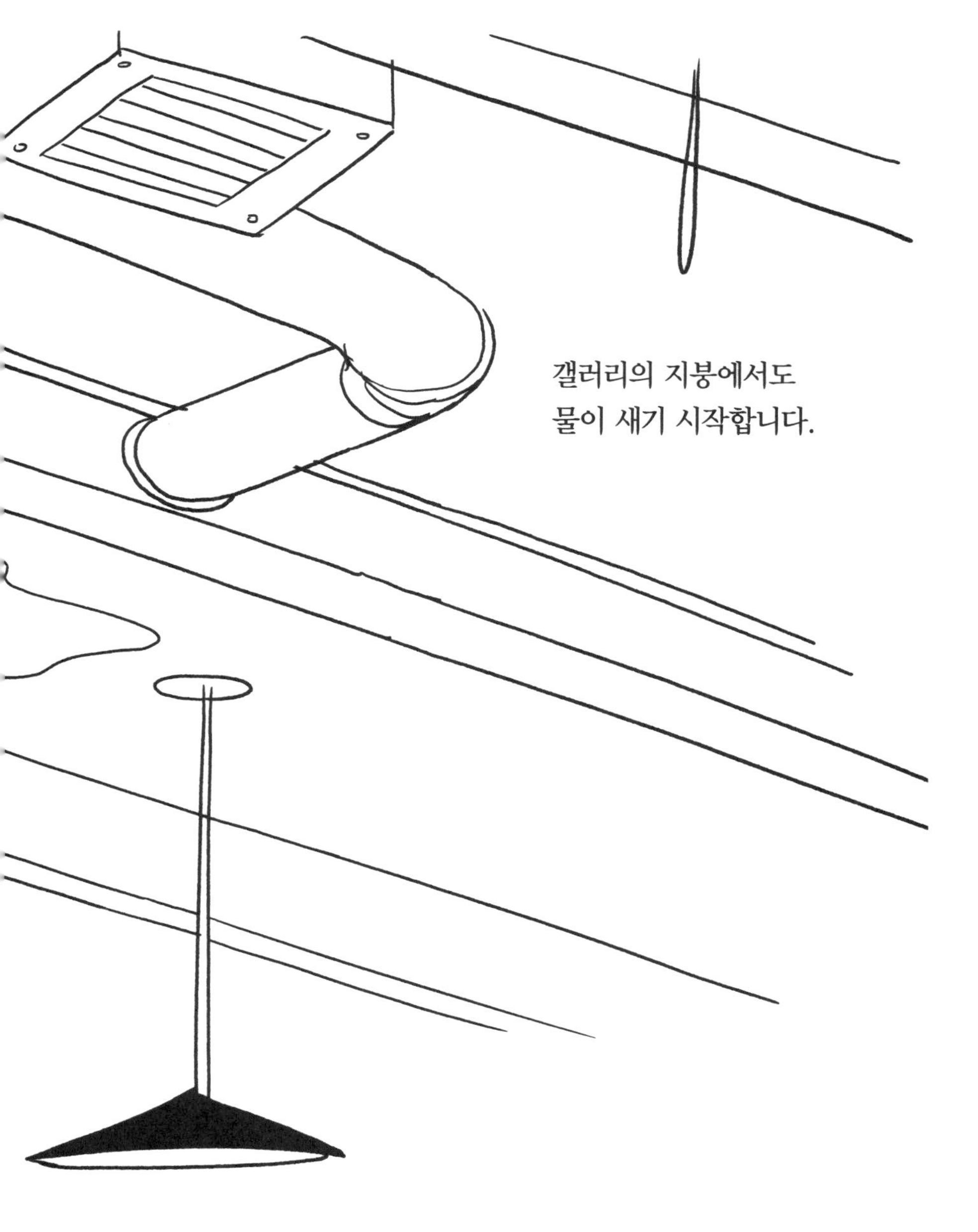
갤러리의 지붕에서도
물이 새기 시작합니다.

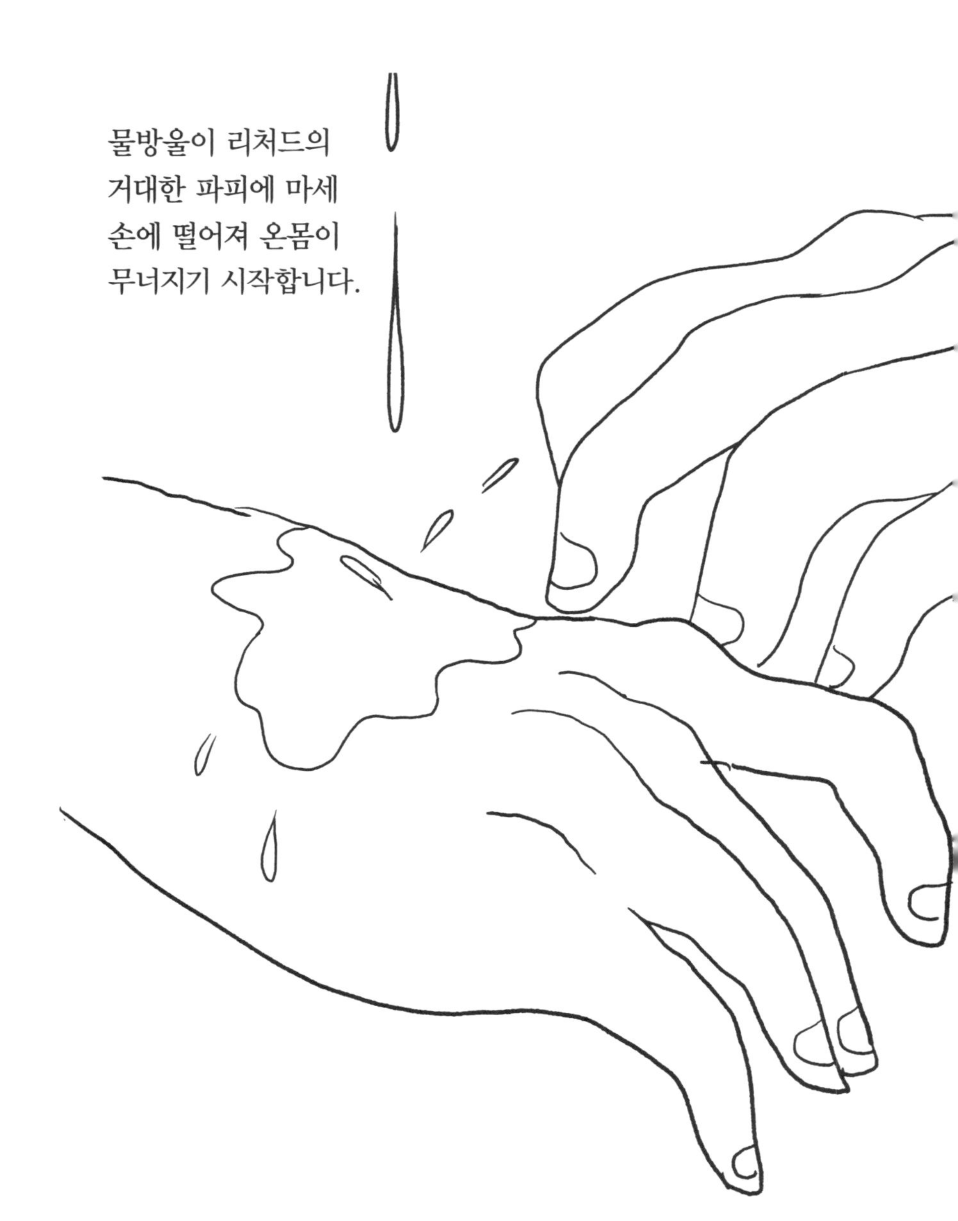
물방울이 리처드의
거대한 파피에 마세
손에 떨어져 온몸이
무너지기 시작합니다.

알고 보니 거대한 섬유유리 & 파피에 마세 리처드 안에
작은 인간 리처드가 있었네요.
작은 리처드는 연필을 훨씬 더 쉽게 쥘 수 있죠.

물이 점점 더 심하게 새기 시작합니다.
아직 전시는 시작도 안 했는데 중요한 작품 몇 점이 망가졌어요.
폭풍우 때문에 관람객이 많이 안 올까 봐 걱정입니다.
바람과 천둥이 요란한 소리를 냅니다.
비명, 폭발음, 물이 밀려오는 소리,
수많은 곤충 떼가 윙윙대는 소리가 들려옵니다.

석고 덩어리가 천장에서 떨어져 나오기 시작합니다.
모두 허겁지겁 작품을 보호하려고 애를 쓰죠.
작은 작품은 큰 작품 안에 넣습니다.
깨지기 쉬운 작품은 단단하고 속이 텅 빈 작품 안에
집어넣습니다. 공기는 연기로 가득 찹니다.

이게 무슨 난리야?

바람은 귀청이 터질 만큼 세차게 붑니다.
바닥에 고인 웅덩이는 하나둘 합쳐져서 깊어집니다.
우리는 젖으면 안 되는 것을 젖어도 되는 것 위에 올립니다.
실크나 종이로 된 것을
대리석이나 오래된 타이어로 된 것 위에 올리는 거죠.

지붕이 날아가고
우릴 둘러싼 벽이
산산조각 납니다.

우리는 하늘을 올려다봅니다.
바람은 여전히 세차게 붑니다.
비를 맞아 옷이 몸에 들러붙습니다.
물은 허리까지 차올랐죠.

거리는 사람들로 꽉 찼습니다.
도망가거나 숨으려는 사람이 있는가 하면,
그 자리에 가만히 서 있는 사람도 있습니다.
엄마와 아빠는 아이를 소리쳐 부르고,
가슴 가까이 끌어당기거나 등 뒤에 숨겨 보호합니다.
서 있기 힘든 노약자는 건강한 사람의 부축을 받습니다.
온 사방에 타오른 불길이 우리 얼굴을 밝힙니다.

하늘에서 손이 내려와 작은 집 한 채를
집어 올립니다. 집을 손가락 사이에 끼워
이리저리 굴립니다.

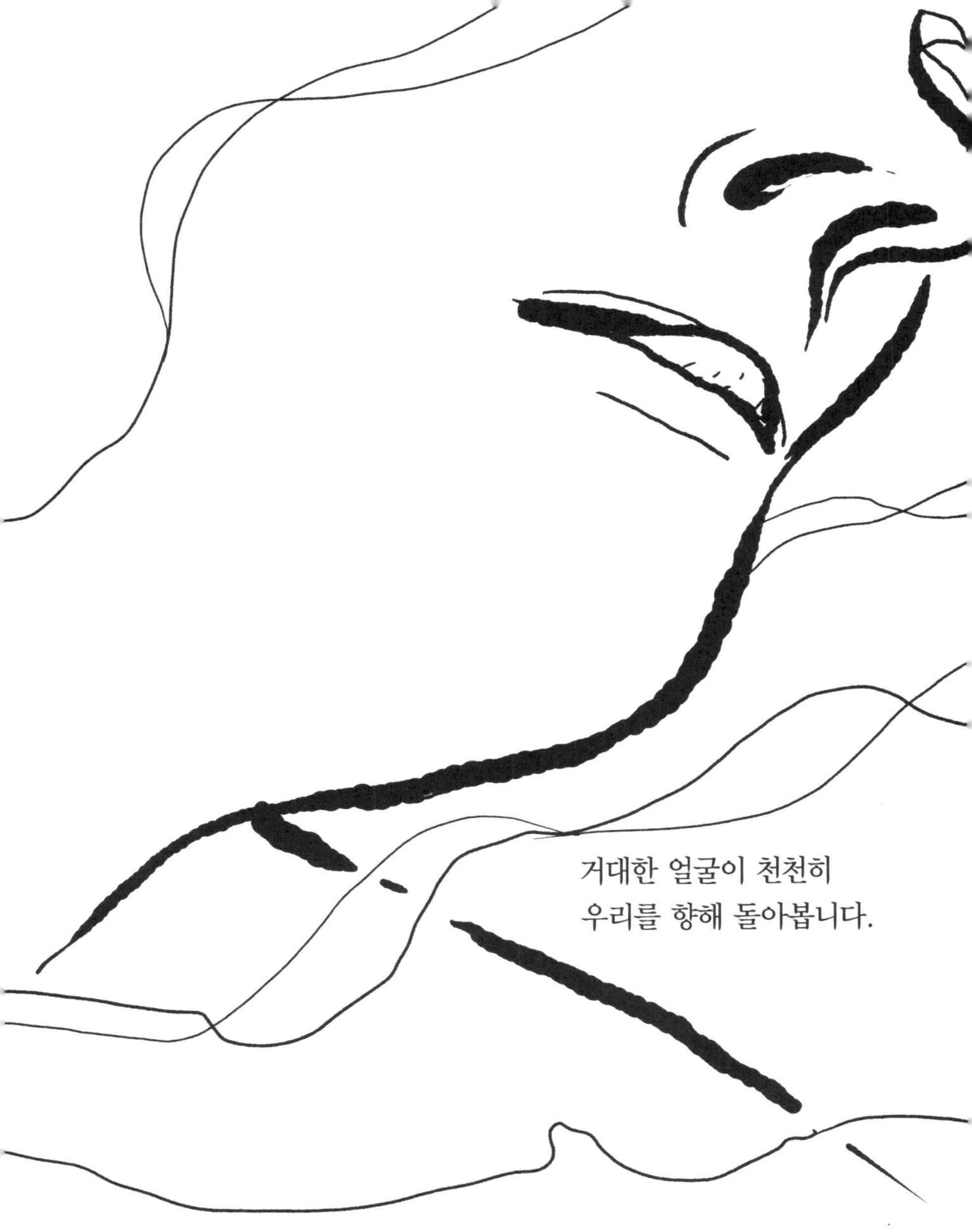
거대한 얼굴이 천천히
우리를 향해 돌아봅니다.

우리는 강하지도, 대단히 용감하지도 않습니다.
본능적으로 달아나야 한다는 생각뿐이죠.

여기로!

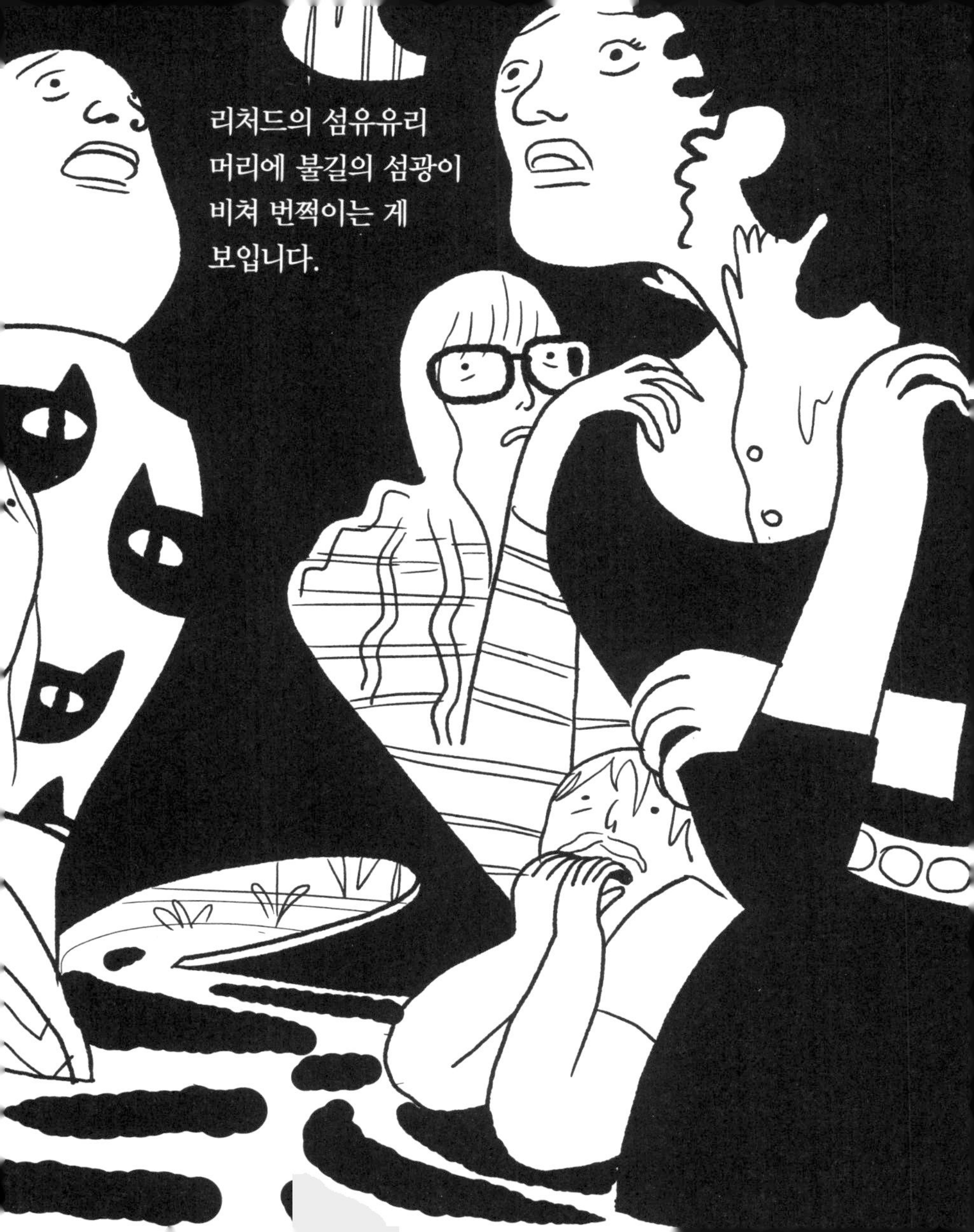
리처드의 섬유유리
머리에 불길의 섬광이
비쳐 번쩍이는 게
보입니다.

그때 마이크가 뭔가를
발견합니다.

이걸 봐

그것은 작은, 아주 작은 **섀도박스** 작품입니다.
그 안은 보석 같은 빛깔로 반짝입니다.
초록색 풀과 만개한 꽃으로 가득하죠.

거대한 꽃은 짙은 빨강에, 두꺼운 꽃잎은 벨벳 같고,
수술은 황금빛 꽃가루로 덮여 있습니다.
줄기는 푸르고, 곧고, 강합니다.
맑은 하늘은 진한 푸른빛이고,
수평선을 따라 부드러운 바다 빛깔 초록색이 펼쳐집니다.
태양은 레몬을 닮은 노란색으로 내리쬡니다.

온 사방에 사람과 말이 뛰놀고 강이 흘러갑니다.
다리는 강의 이편저편을 가로지르고,
수많은 사람들이 그 다리를 이쪽저쪽으로 건너다니고
보트를 탄 사람은 다리 밑을 왔다 갔다 하면서
강을 오르락내리락 합니다.

사람들이 손을 뻗어 우리를
물 밖으로 끌어 올립니다.

우릴 수건으로 감싸고
따뜻한 음료를 줍니다.
우리는 풀밭에 누워서
몸을 말립니다.

마케일라가 호세의
먹을 수 있는 작품
일부를 구해내고,
우리는 그걸
먹습니다.

불평 그만해
우리 작품이
다 망가졌어

우리는 주위를 둘러봅니다.
이곳 사람들은 행복하고 아름답습니다.
서로 입 맞추고, 요리하고, 부드럽게 노래합니다.
서로에게 다가가 상대방을 바라봅니다.
맑고 정직한 눈으로, 아주 환하게, 편한 미소를 지으며.

아기들이 태어나면, 씻기고, 천에 둘둘 감아 공중으로
띄워 올립니다. 몸이 부풀어 어린이가 되면 몸집이 커져
더는 공중에 떠다닐 수 없으니 원을 그리며 빙빙 돌게 되겠죠.
또 몸이 부풀어 튼튼하고 건강한 어른이 되면
몸집이 커져 더는 빙빙 돌 수 없으니 이제는
이 어른들이 아기들을 공중에 띄워 올릴 차례겠네요.
또 어느샌가 어린이들이 빙빙 돌고 있겠죠.

우리는 거대한 꽃 아래 누워 있습니다.
굵고 푸른 줄기와 커다란 빨강 꽃잎 아래.
새들이 여기저기 날아다니며 꽃의 잎사귀마다,
줄기의 구멍마다 둥지를 짓습니다.
저 멀리 도시가 무너지는 소리가 희미하게
들립니다. 매캐한 연기 냄새도 여전히 나는군요.

우리는 새들이 아름다운 금빛
실과 부드러운 색유리 조각으로
둥지를 짓는 모습을 지켜봅니다.

그때 돌로레스가 뭔가
하기 시작합니다.

뭐 만들어?
나도 몰라

작은 인형입니다.
돌로레스
본인이군요.

크기
비교용
- 기계식
- 움직이는 팔 + 다리
- 작지만 카랑카랑한 목소리

나도 만들래

리처드도 작은 리처드를 만듭니다.
정말 재밌어 보이네요.
모두 하나둘씩 인형을 만들기 시작하고,
마침내 아홉 사람의 미니어처가 탄생했습니다.
이제 막 서로를 알아가기 시작합니다.

그다음엔 우리가 있었던
갤러리도 만듭니다.
종잇조각, 풀잎, 실,
파괴된 우리 작품의 잔해로.
탁자, 화장실, 치즈 플레이트,
기둥 받침, 접이식 의자,
또 그 외의 모든 것들을 만듭니다.
그 후 작은 우리들을 그 안에 넣고
돌아다니게 합니다.

우리의 파괴되지 않은 삶.

작은 우리들은 각자의 일을 해나갑니다.

하하 저것 봐
작은 작품들을
만들고 있어!
토닥토닥

허, 우리가 만들었던 것보다 저게 더 낫잖아
하하 난 실제 나보다 쟬 약간 더 똑똑하게 만들었다고
나도! 거기다 매력도 첨가했지

각자 작은 자신을 스스로 만들었기 때문에
우리가 원하는 자신의 모습에 조금 더
가깝게 만들었던 거죠.

우리는 한참 동안 작은 우리들을 지켜봅니다.
혹시 배가 고플까 봐, 치즈가 충분하지 않을까 봐,
지루할까 봐, 우리는 다른 것들도 만들기 시작합니다.
갤러리 바깥에 사람들을 세우고 차와 집,
패스트푸드 식당과 태닝 숍, 공원과
수표 환전소를 만듭니다.

피코타코를 만드는 중이야

우리는 우리가 아는 모든 이들을 만듭니다.
우리가 아는 모든 이들을 다 만든 후에는
그 모든 이들이 아는 모든 이들을 만들고,
그런 다음 또 **그 사람들**이 아는 모든 이들을 만들고,
또 그다음엔 **그들**이 아는 모든 이들을 만듭니다.
이렇게 우리의 세계 전체를 재건합니다.
그 세계에서 우리는 발끝으로 조심스레 걸어 다닙니다.
어떤 것도 다치거나 부서지지 않도록.

그런데 돌로레스가 —

주유소

돌로레스가 손을 뻗어 작은 집 한 채를 집어 올립니다.
집을 손가락 사이에 끼워 이리저리 굴립니다.

거대한 손으로 거센 바람을 일으킵니다.
박살이 난 건물에서는 불이 나고 공기는 연기로 가득 찹니다.

우리는 소리치며 돌로레스를 저지하려 하지만,
그러다 전선을 넘어뜨리고 자동차를 걷어차버려
피해는 더욱 커집니다. 비가 내리기 시작합니다.

그만해!
뭐 하는
짓이야?
그러다
우릴
죽이겠어!

우리가 아는 이들과 우리가 모르는 이들이
거리를 가득 채우고, 우리를 올려다보고,
두 손에 얼굴을 묻고, 가만히 서 있거나 달아나려 하고,
아이를 소리쳐 부르고, 나이 든 부모를 부축하고,
거센 빗줄기를 맞고, 허리까지 차오른 물을 헤치고,
서로를 꼭 붙잡고 있습니다.

돌로레스가 말하길 —

ㅇㅏㄴㅣㅇㅑ

그리고 이렇게
말합니다.
우리가 어떻게
하는지 보자

보여줘, 용기가 뭔지

보여줘, 어떻게 하면 우릴 구할 수 있는지